Nota a los padres

Aprender a leer es uno de los logros más importantes de la pequeña infancia. Los libros de *¡Hola, lector!* están diseñados para ayudar al niño a convertirse en un diestro lector y a gozar de la lectura. Cuando aprende a leer, el niño lo hace recordando las palabras más frecuentes como "la", "los", y "es"; reconociendo el sonido de las sílabas para descifrar nuevas palabras; e interpretando los dibujos y las pautas del texto. Estos libros le ofrecen al mismo tiempo historias entretenidas y la estructura que necesita para leer solo y de corrido. He aquí algunas sugerencias para ayudar a su niño *antes, durante y después* de leer.

Antes

• Mire los dibujos de la tapa y haga que su niño anticipe de qué se trata la historia.
• Léale la historia.
• Aliéntelo para que participe con frases y palabras familiares.
• Lea la primera línea y haga que su niño la lea después de usted.

Durante

• Haga que su niño piense sobre una palabra que no reconoce inmediatamente. Ayúdelo con indicaciones como: "¿Reconoces este sonido?", "¿Ya hemos leído otras palabras como ésta?"
• Aliente a su niño a reproducir los sonidos de las letras para decir nuevas palabras.
• Cuando necesite ayuda, pronuncie usted la palabra para que no tenga que luchar mucho y que la experiencia de la lectura sea positiva.
• Aliéntelo a divertirse leyendo con mucha expresión... ¡como un actor!

Después

• Pídale que haga una lista con sus palabras favoritas.
• Aliéntelo a que lea una y otra vez los libros. Pídale que se los lea a sus hermanos, abuelos y hasta a sus animalitos de peluche. La lectura repetida desarrolla la confianza en los pequeños lectores.
• Hablen de las historias. Pregunte y conteste preguntas. Compartan ideas sobre los personajes y las situaciones del libro más divertidas e interesantes.

Espero que usted y su niño aprecien este libro.
—Francie Alexander
Especialista en lectura
Scholastic's Learning Ventures

A Derek, el del avión
— L.J.H.

A Shane, Autumn, Brittaney y
Cherryne Geidel, observadores de
rayos de Northcountry
— J.W.

Originally published in English
as WILD WEATHER Lightning!
Traducido por Macarena A. Salas

ISBN 0-439-16165-7

Text copyright © 1999 by Lorraine Jean Hopping.
Illustrations copyright © 1999 by Jody Wheeler.
Translation copyright © 2000 by Scholastic Inc.
All rights reserved. Published by Scholastic Inc.
SCHOLASTIC, MARIPOSA, HELLO READER, CARTWHEEL BOOKS and associated logos are trademarks and/or registered trademarks of Scholastic Inc.

Library of Congress Cataloging-in-Publication Data available.

12 11 10 9 8 7 6 5 4 3 2   01 02 03 04

Printed in the U.S.A.   24
First Scholastic Spanish printing, May 2000

¡CLIMA BORRASCOSO!

¡Relámpagos!

por Lorraine Jean Hopping
Ilustrado por Jody Wheeler

¡Hola, lector de ciencias!—Nivel 4

SCHOLASTIC INC. Cartwheel B·O·O·K·S ®
New York   Toronto   London   Auckland   Sydney
Mexico City   New Delhi   Hong Kong

Capítulo 1

Rayos en el cielo

El miedo a los relámpagos no es algo nuevo.
Aquí tenemos a Zeus, un dios poderoso de la antigua Grecia.
Cuando Zeus se enojaba, arrojaba relámpagos (rayos) a la gente.
Pero la ira de Zeus sólo es un mito, una historia muy antigua.

Los verdaderos relámpagos dan mucho más miedo.
Al principio de la tormenta es cuando son más peligrosos.

Sopla una ligera brisa.
El cielo incluso puede estar azul
y de pronto ¡zas!

Del cielo cae un rayo; un
relámpago ilumina el cielo.

A Sherri Spain, una maestra de Memphis, Tennessee, le encantaban las tormentas eléctricas.

El 27 de agosto de 1989, salió al aire libre para contemplar cómo se formaba una tormenta.

Sherri llevaba en la mano una bolsa de palomitas de maíz.

Se apoyó contra una puerta de acero y en un instante, la bolsa que tenía explotó.

¡El relámpago la levantó por los aires! El rayo había caído sobre la puerta de acero y había rebotado en ella.

Sherri perdió parte de la vista y del oído.

El color castaño de su pelo desapareció y se volvió blanco.

Lo peor de todo es que perdió parte de la memoria.

Frente a la clase, no recordaba
datos históricos.
Tampoco podía recordar los
nombres de sus alumnos.
Sherri se dedicó a estudiar todos
los días y así logró volver a entrenar
su cerebro.
Un simple relámpago le cambió la
vida para siempre.

Lo que le sucedió a Sherri fue un accidente.

Pero la científica Maribeth Stolzenburg se expone a la "furia de Zeus" a propósito. Maribeth estudia los relámpagos. Sabe que la verdadera causa de los relámpagos no es Zeus, sino la electricidad.

Los relámpagos son unas potentes chispas eléctricas que aparecen en el cielo.

Maribeth, junto con otros seis científicos, mandan globos meteorológicos al centro de las tormentas eléctricas. Estas tormentas producen rayos y truenos.

En verano, la montaña South Baldy en la parte central de Nuevo México se convierte en una verdadera fábrica de tormentas eléctricas. Todas las tardes se acumulan nubes oscuras sobre la montaña.

Cuando la tormenta se está formando, Maribeth y su equipo preparan los globos meteorológicos.

Los globos necesitan bastante espacio para elevarse, ya que los árboles y el tendido eléctrico se podrían interponer en su camino.

Los rayos suelen caer en los puntos más altos.

Desgraciadamente, en un espacio abierto, el punto más alto son los científicos.

El equipo tiene que trabajar rápidamente para no convertirse en el blanco de "Zeus".

El globo está inflado dentro de una bolsa amarilla que tiene forma de tubo y el tamaño de un auto pequeño. Los científicos rasgan una tira de la bolsa para abrirla y salen corriendo para ponerse a cubierto.

El globo es blanco y está lleno de
helio, un gas más ligero que el aire.
Se eleva hacia la tormenta.
Es como un globo normal pero
más resistente.

Durante unos veinte minutos,
el globo se eleva a través del
viento, la lluvia y el granizo.
Luego, estalla y cae a la tierra
en paracaídas.

Dentro del globo hay un instrumento que mide la electricidad de la tormenta.
Otro mide la lluvia y el granizo.
Los datos llegan a una computadora por medio de señales de radio.

Desde un edificio, Maribeth observa la imagen de la tormenta en la computadora, buscando datos que se salen de la normalidad.

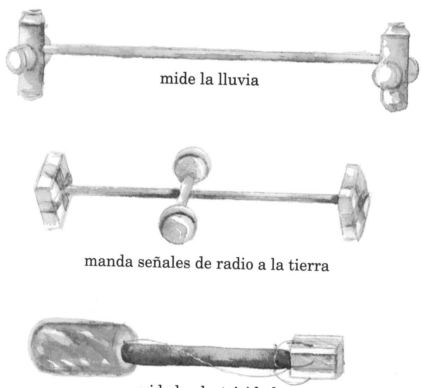

mide la lluvia

manda señales de radio a la tierra

mide la electricidad

Por ejemplo, con uno de los globos se descubrió que el yunque de una tormenta tenía más cargas de las previstas.
El yunque es una nube que sobresale del resto de la tormenta. El objetivo de Maribeth es intentar averiguar por qué.

yunque

—Estoy estudiando lo mismo que Benjamín Franklin estudió hace doscientos años —dice Maribeth.

En 1752, Franklin realizó el experimento sobre rayos más famoso de la historia.
Hizo volar una cometa a la que le ató una llave metálica.
La llave atraía los relámpagos.
Franklin demostró que los relámpagos no son fuego, como pensaba la gente, sino electricidad.
Sus experimentos con los rayos eran mucho más peligrosos que los de Maribeth.
Un científico murió al intentar repetirlos.

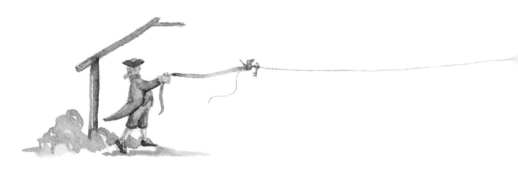

—Todavía no sabemos muy bien
qué causa los rayos —dice Maribeth—,
pero cuanto más descubres, más
miedo da.

¿Cómo y por qué se mueve la
electricidad dentro de una
tormenta?
¿Qué hace que los rayos se
muevan en zigzag?
¿Podemos predecir dónde van
a caer?
Todas estas preguntas están,
nunca mejor dicho, en
el aire.

Capítulo 2

Zonas calientes

Se tarda más o menos un segundo
en decir "relámpago" en voz alta.
Todos los días caen en la Tierra
unos cien rayos cada segundo.
En este mismo momento, unas dos
mil tormentas están cayendo sobre
nuestro planeta.
Hoy a medianoche, el total de
tormentas podría llegar a
sobrepasar las cuarenta mil.

Las tormentas eléctricas se
forman en todo el mundo, excepto
en las regiones polares frías y secas.

Casi todas las tormentas se originan en las zonas cálidas, es decir, cerca del ecuador. Allí el aire es más caliente y húmedo. El calor es el "combustible" de las tormentas eléctricas.

Promedio de días de tormentas eléctricas al año

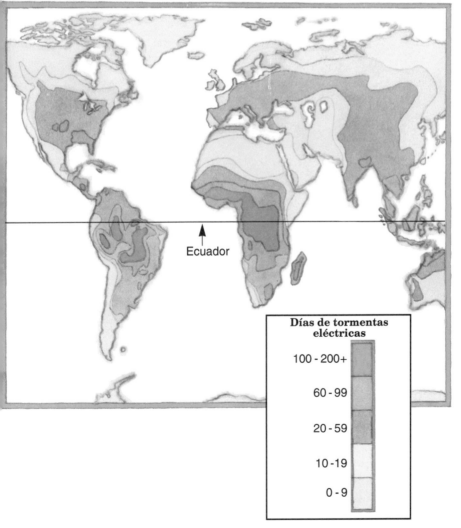

Ecuador

Días de tormentas eléctricas

100 - 200+

60 - 99

20 - 59

10 - 19

0 - 9

17

El clima húmedo y cálido de Florida la convierten en la región de América del Norte en la que caen más rayos.

Todos los años, a cientos de norteamericanos les cae un rayo encima. Al igual que la maestra Sherri Spain, siete de cada diez víctimas sobreviven.

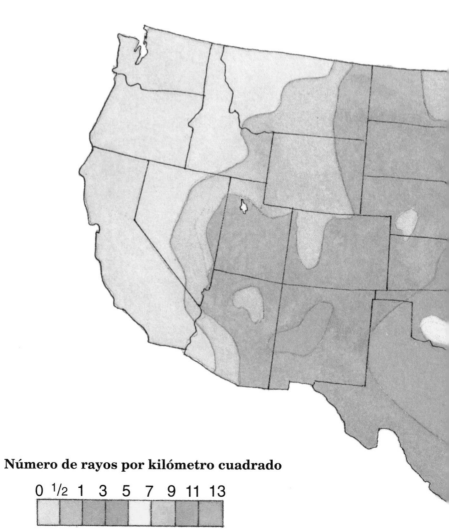

Número de rayos por kilómetro cuadrado

0 ½ 1 3 5 7 9 11 13

Los relámpagos son muy potentes, pero entran y salen del cuerpo en menos tiempo del que se tarda en parpadear. Por eso no suelen causar la muerte.

Para los norteamericanos, el riesgo de ser alcanzado por un rayo es mínimo. Las personas que trabajan y juegan al aire libre corren un riesgo mayor.

Relámpagos que alcanzan la tierra

Fuente: Richard E. Orville, Universidad A & M de Texas; 1991

En 1992, Toy Trice estaba jugando al fútbol americano con el equipo de su escuela en Burtonsville, Maryland.
Un rayo le atravesó el casco, le quemó el suéter y le arrancó las zapatillas de fútbol de los pies.

La descarga eléctrica hizo que su corazón dejara de latir.
Afortunadamente, había alguien que sabía hacer RCP, un tratamiento de primeros auxilios que ayuda al corazón a volver a latir.
Toy se salvó y sólo sufrió lesiones leves.

A Roy Sullivan, un guarda forestal, lo han alcanzado siete rayos.
Perdió el pelo, las cejas y una uña del pie, pero consiguió salir con vida todas las veces.

En el edificio Empire State de la
ciudad de Nueva York han caído más
de mil rayos.
Un poste metálico llamado pararrayos
los atrae y luego descarga la
electricidad en la tierra de
forma segura.

A los aviones de reacción les suelen
alcanzar los rayos con frecuencia:
una o dos veces al año por avión.
La electricidad recorre el cuerpo
metálico del avión y de esta forma,
las personas que están adentro no
sufren daños.

En febrero de 1998, un rayo alcanzó
un avión en Birmingham, Alabama.
Destruyó el tren de aterrizaje.
El piloto aterrizó sobre la nariz
y el estómago del avión, y se
hizo un hoyo en el fuselaje.
El avión se detuvo
en un campo y todos
salieron ilesos.

Es muy peligroso que un rayo le caiga
a una persona directamente.

En agosto de 1991, Gretel Ehrlich
estaba de excursión en Wyoming y lo
siguiente que recuerda
es que se despertó aturdida en mitad
del campo.

"El rayo hizo que me retorciera como
un pez en una sartén," escribió
posteriormente en un libro.

Gretel se quedó sin fuerza en las piernas.
No podía ver ni hablar.
Tenía quemaduras en forma de pluma
llamadas "flores de Lichtenberg".
La electricidad recorrió la humedad de
su cuerpo, por dentro y por fuera, y
fluyó a través del sudor y de la lluvia
que había en su piel.
Viajó a través de sus vasos sanguíneos.
Gretel consiguió arrastrarse hasta un
lugar seguro mientras la tormenta rugía
a su alrededor.

Un rayo puede ocasionar daños
aunque no caiga sobre una persona
directamente.
La carga eléctrica puede viajar
por la tierra.
Las vacas y las ovejas que hay
en el campo se pueden morir si
un rayo cae cerca de ellas.

Las personas que se quedan de pie
bajo los árboles corren aún más peligro.
Un rayo puede caer en el árbol y
mandar una carga eléctrica en todas
las direcciones.
Los que estén más cerca del árbol
sufrirán una descarga más potente.

Todos los años los rayos causan unos diez mil incendios forestales en Estados Unidos .
Los incendios naturales no son todos malos, ya que abren paso a nuevas vidas.

En 1988, un incendio quemó gran parte del Parque Nacional Yellowstone en Wyoming.
Los rayos convirtieron la lluvia y el gas nitrógeno en fertilizante (un producto químico que las plantas necesitan para crecer).

El calor del incendio hizo que se abrieran las piñas y salieran las semillas que había adentro.

Las semillas pronto se convirtieron en árboles.

Muchos escarabajos acudieron a comerse la madera muerta y quemada.

Llegaron pájaros carpinteros para comerse los escarabajos.

Los azulejos construyeron nidos en los agujeros que habían hecho los pájaros carpinteros.

Capítulo 3

Un sándwich eléctrico

Las tormentas eléctricas son las principales fuentes de rayos, pero no son las únicas.
Las tormentas de nieve, de arena, e incluso los volcanes, también pueden producir rayos.

¿Qué tienen en común todos estos productores de rayos?
Miles de millones de pedacitos que flotan en el aire: hielo, arena, polvo, ceniza o productos químicos.
Las corrientes de aire hacen que estos trocitos giren y choquen entre sí, creando fricción o frotamiento.

Frota tus manos rápidamente.
¿Sientes el calor?
La fricción produce calor.
También produce electricidad.
En un día seco, acaricia un gato que
tenga mucho pelo y luego, toca algo
metálico.
Puede que sientas y oigas un chispazo.
Ese chispazo es como un rayo, pero
mucho más pequeño.

La fricción crea dos tipos de cargas:
positivas y negativas.

Por razones desconocidas, las cargas
de una tormenta forman capas, como
un sándwich eléctrico.

La parte superior de las nubes y
la tierra tienen cargas positivas.

Las cargas negativas forman el
"relleno" en el medio.

 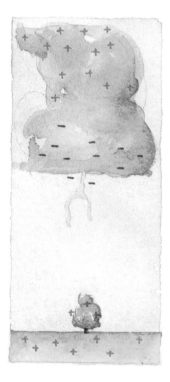

Los opuestos se atraen.
Las cargas positivas y negativas
intentan alcanzarse entre ellas, pero
el aire actúa como barrera.
Llega un momento en que las cargas
son demasiado fuertes y el aire no las
puede detener más.
Se unen y así se produce un rayo.
Muchos de estos rayos pueden seguir
la misma trayectoria y producir unas
luces parpadeantes.

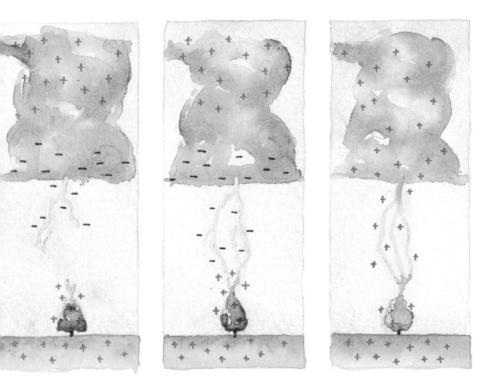

Un relámpago puede ir de un
lado a otro dentro de una nube.
Puede saltar de una nube a otra,
pero los más peligrosos son los
que van de una nube a la tierra.

Los rayos pueden llegar a medir
varias millas de largo.
Pueden producir un brillo mayor al
de diez millones de bombillas juntas.
Pueden llegar a ser cinco veces más
calientes que la superficie del sol.

El calor hace que los gases en el
aire se expandan rápidamente.
Estos gases vibran o se agitan.
Cuando el aire vibra se crea una
ráfaga de sonido llamada trueno.

Si ves un destello, pero no oyes el trueno, el rayo está a más de 15 millas (24 kilómetros).
El sonido se muere antes de llegar adonde estás o pasa a gran altura, por encima de tu cabeza.

La luz viaja más rápidamente que el sonido.
Por eso sueles ver primero el destello. Luego, "oyes" unos segundos de silencio. Cuantos más segundos pasan, más lejos está el rayo.

El sonido que llega antes es el de la parte del rayo que está más cerca.
Los truenos rugen una y otra vez.
Por último, llegan los sonidos que están más lejos y el trueno desaparece.

Una vez, Maribeth Stolzenburg vio el destello y escuchó el sonido al mismo tiempo.
¡El rayo estaba a una distancia de dos campos de fútbol!

El sonido de esta parte
del rayo tiene que recorrer
una mayor distancia.
Tarda más en alcanzarte.

El sonido
de esta parte
te llega antes.

Capítulo 4

Chorros, duendes y elfos

A Maribeth le gusta observar los relámpagos. Desde un lugar seguro observa el rayo.

Luego, cierra inmediatamente los ojos y la imagen del rayo se queda en sus párpados durante un momento.

—Es como el flash de una cámara — dice.

Los destellos son como copos de nieve, todos son diferentes.

El rayo en cinta es uno de los muchos
tipos de relámpagos.
Empieza con un destello.
Luego, el viento empuja el recorrido
del rayo un poco.
Un segundo rayo se forma cerca del
primero y a veces otro más.
Cada uno de ellos es tan fino como tu
dedo pulgar, pero entre todos
forman como una ancha cinta de luz.

Los rayos en bola son poco frecuentes. Son como globos de electricidad del tamaño de una pelota de béisbol o de baloncesto.
Pueden ser dorados, azules, blancos, verdes o rojos.

En 1980, el volcán Mount St. Helens de Washington, produjo un rayo en bola. Las brillantes esferas rebotaron en la tierra como pelotas de ping-pong.

El fuego de Santelmo no es realmente
un fuego.
Es un destello de electricidad azul.
Aparece en los extremos de los
objetos: en los mástiles de los barcos,
en las barras del timón.

Los chorros son fuentes de luz azul.
Los duendes son pelotas rojas que
brillan.
Los elfos son estallidos verdes de
electricidad.

Estos tres tipos de rayos aparecen
por encima de las nubes de las
tormentas.
A veces los pilotos los pueden ver,
pero chispean muy rápido y son
muy tenues.
Hasta la década de los 90, no se sabía
casi nada sobre los chorros, duendes
y elfos.
Los científicos todavía están
estudiando cómo y por
qué se producen.

Capítulo 5

Rayos en el laboratorio

Los científicos pueden "producir rayos".
Es decir, pueden hacer que en una
tormenta se produzca un relámpago.

Lanzan pequeños cohetes que llevan
atado un alambre fino y largo.
El alambre marca el camino que va
a seguir la electricidad.

Los científicos estudian paso a paso
las fotografías de los rayos que han
provocado.
Uno de sus objetivos es ayudar a las
compañías eléctricas a evitar los daños
que producen los rayos.

Los rayos pueden dejar sin energía a
una ciudad entera en un instante.

Los científicos pueden producir "relámpagos" en el laboratorio. La máquina llamada generador de Van de Graaff produce cargas eléctricas. Estas cargas saltan a un poste metálico y producen un relámpago de forma inmediata.

La "jaula" metálica tiene un aspecto muy tenebroso. Por fuera, tiene la suficiente electricidad como para matar a una persona, pero por dentro es un sitio seguro.

En cierta forma, América del Norte es un gran laboratorio de relámpagos. La Red de Detección de Relámpagos abarca todo el continente. Los sensores detectan los rayos y en pocos segundos mandan la información a una computadora central. Los rayos aparecen como puntos en el mapa de la computadora.

Relámpagos durante una tormenta

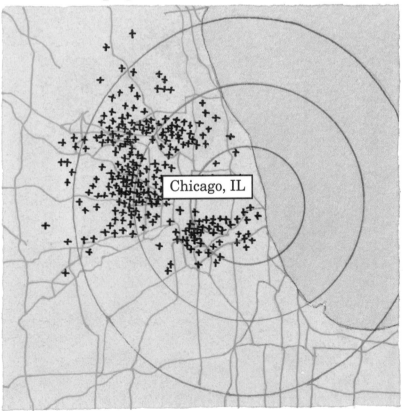

Chicago, IL

✚ = relámpago

Fuente: Global Atmospherics, Inc.

Los científicos estudian los mapas y otros datos para pronosticar el tiempo.

Un aviso de tormenta significa que los relámpagos están cerca.

Los parques de diversiones se cierran porque las máquinas de metal atraen los rayos.

Los salvavidas ordenan a todo el
mundo que salga de la piscina, ya
que la electricidad fluye fácilmente
a través del agua.

Los periodistas aconsejan a la gente
que se ponga a cubierto.
Y los que quieren escaparse de la
"ira de Zeus" escuchan.

Cómo protegerse de los rayos

¿Qué debes hacer si ves o escuchas
un rayo?

¡Ponerte a cubierto!

- Si estás hablando por teléfono,
  cuelga.
- Si estás afuera, entra en un edificio
  grande.
- Si no hay edificios alrededor,
  quédate en el auto. Sube las
  ventanillas.
- Si no hay autos alrededor, busca una
  zona baja, pero no te escondas en
  una zanja porque se podría inundar.
- No te tumbes. Quédate encogido
  como si fueras una pelota.
- Aléjate del agua: lagos, ríos y bañeras.
- No toques nada metálico, como los
  palos de golf, cañas de pescar o canoas.
- No te quedes parado cerca de objetos
  altos, como los árboles o los postes.